Klaus Tudyka

MANN VON STEIN

KLAUS TUDYKA

MANN VON STEIN

Monolog des Dritten im Bunde

SCHNELL

Umschlag: Bernd und Christel Kaselow

SCHNELL Buch & Druck
Warendorfer Lieblingsbücher

Klaus Tudyka
MANN VON STEIN

Oststraße 24, 48231 Warendorf

4. Auflage Dezember 2000

Herstellung: SCHNELL Buch & Druck GmbH
Katzheide 2, 48231 Warendorf
ISBN 3-87716-853-1

Die Handlung spielt im Herbst des Jahres 1787
zu Kochberg

Personen:
HERR GOTTLOB ERNST JOSIAS
FRIEDRICH VON STEIN

Josias von Stein betritt behutsam das Zimmer, in welchem er seine Frau, Charlotte von Stein, vermutet. Das Gemach ist leer, die Tür zum nebenan liegenden Zimmer jedoch geöffnet. Da Charlottes Sachen wie Briefe, Handarbeit, Gitarre usw. auf dem Tischchen liegen, vermutet Josias seine Frau im Nebenzimmer. Josias ist gekleidet wie auf dem bekannten Schattenriß, mit Reitgerte unter dem Arm. Er holt eine Spieldose hervor, die als Geschenk für seine Frau gedacht ist, er setzt diese Dose in Tätigkeit. Nachdem die Melodie verklungen, will er Charlotte aus dem Nebengemach holen, als er bemerken muß, daß diese sich entgegen seiner Vermutung dort nicht aufhält.

JOSIAS:
Sie ist fort! Sie muß ausgeritten sein!
Die Gute!
Hochwohlgeboren Frau Oberstallmeisterin Charlotte Ernestina Bernardina von Stein geruhen, einen höchsten Ausritt zu machen. Einen höchsten..., beileibe keinen allerhöchsten Ausritt, der sei der herzoglichen Familie höchstderoselbst vorbehalten – aber immerhin einen...
Nun, wir wollen es ihr von Herzen vergönnen – wir, das sind: ein vor uns sitzendes, hochgeneigtes Publikum und ich, Gottlob Ernst Josias Friedrich von Stein, Oberstallmeister am weimarischen Hofe. Der „Gatte“. KurzundgutichbinihrMannundsieistmeineFrau.

An welche Arbeit hat sie denn soeben Hand gelegt? Nein! Wie rührt mich das! An ihre Sisyphusarbeit! „Straf mer Gott", würde mein Herr Schwiegervater sagen, „straf mer Gott", aber das nenne ich tapfer ausgehalten – sie stickt noch immer an ihrer Musselin-Mantille, deren sie bedurft hätte, als unser Ältester, der Karl, geboren ward. Vor über zwei Jahrzehnten! Nun, sie ist die erste nicht, der nicht gegeben ist, die Flinkheit ihrer Hände zu ihren vorzüglichsten Tugenden zu rechnen, besitzt sie doch deren andere in hohem Maße. Doch davon später. Ihre Gitarre..., sie hat sie lieblich und behend zu schlagen gelernt. Der „Moniteur" – treffliche Lektüre. Gezeichnet hat sie auch, nach der Natur – ja..., gewiß, Oesern hätte seine Freude dran. Und – was seh ich da – – ein Täßgen Coffee...
Oh – oh – oh – oh!
Wenn das der Weimarer Musensohn, das Johann Wolfgangerl, röche. Das gäb einmal einen Sermon mehr wider meine Charlotte! „...diese Diät, die deiner Gesundheit höchst schädlich is! Dieses Middel macht disch hypochondrisch! Quält disch! Macht dir Zwangsvorstellunge der tragischsten Nadur!"
Freilich, er ist fort, weit fort, Hunderte von Meilen, im Land, wo die Zitronen blühn... Und doch ist mir, als röche er diesen Coffee von Kochberg hier bis gen Rom und seine vornehmen frankfurterischen Nasenflügel bebten ob des diätetischen Frevels, den einzuatmen meine liebe Frau ihm zugemutet...

Solch Ausritt tut Charlotte gut, nach all dem, was sie durchgemacht! Um seinetwillen! Verstanden hab ich kaum die Hälfte von den Aufständen, die sie alle gemacht haben von Weimar bis Kochberg, als der Liebling der Götter sich nicht mehr in ihrem Dunstkreis satt hat weiden wollen.
Auf und davon! Um drei Uhr in der Frühe! Mit Mantelsack und Dachsranzen! Eine Nase hat er ihnen gedreht! Herzogtumflüchtig ist er geworden, hatte es geheißen, aber das ist natürlich Unsinn, der Herzog hatte es gewußt, ihm ein Dreijahresvisum gegeben, mit 200 Talern des Dichters Reisekasse aufgebessert, und der ist brav losgekutscht mit der Post, war Tag und Nacht unterwegs, wohlversehen mit Pässen, Visa, Empfehlungsschreiben, item mit Bankbriefen und Pekuniar-Obligationen. Aber meine Charlotte! Die wurd nicht mehr! Von nichts gewußt! Von allem keine Ahnung! Erst hat sie ein Gesicht gemacht wie eine Katz, wenn's donnert. Da hat sie wohl angefangen, den Braten zu riechen. Und drauf hat sie zunächst ihre Migräne und dann ihre Zustände bekommen.
Wie wenn die Gewölb des Himmels eingestürzt und sie klaftertief in einen goethelosen Abgrund gestoßen hätten!
So jäh aus allen Goethehimmeln gerissen, hinausgewiesen aus dem Paradies seiner Dichtung und Wahrheit! Darüber kommt keine Frau hinweg! Und meine Charlotte schon gar nicht. Denn wenn sie ein Laster hat, dann hat sie dieses, Gott vergeb's ihr: Sie kann – nicht – verzeihen! Wirklich – sie kann's einfach nicht! Sie gibt sich alle Mühe,

quält sich redlich mit allen Fasern ihres Herzens – vergeblich! Sie kann nichts herunterschlucken, sie schluckt's wieder hinauf, es muß heraus. Eine gute Seele, eine treue Seele, jawohl, aber wenn sie sich beleidigt fühlt, ist mit ihr nicht gut Kirschen essen, und das hält bei ihr ein Leben lang vor. Drum hab ich auch auf das strengste geachtet, daß ihr nichts zu Ohren kommt, was in der ersten Zeit losgewesen, als unser allergnädigster Herzog das Frankfurter junge Genie nach Weimar geholt hatte.
Hetzpeitschenknallen um Mitternacht zu Weimar mitten auf dem Marktplatz, die Nachtwächter spielten die toten Käfer! Dann Parforceritte über Stock und Stein, daß die herzogliche Leibsicherheit den hohen Herrn oft genug aus den Augen verlor! Ich immer mitten drin in dem Hexenkessel, ich war ja der Oberstallmeister, ich hatte für die Mobilität der Herrschaften Sorge zu tragen. Wie oft haben sie mir meine besten Pferde zuschanden geritten, daß sie ihnen unterm Leib zusammenbrachen, bis ich ihnen nicht gerade die edelsten Zossen unterschob. Wie hat der große Poet so schön gedichtet: „Es schlug mein Herz, geschwind zu Pferde! Es war getan fast eh gedacht" – – Ja, das schrieb sich so leicht hin – fürs „Geschwind zu Pferde", da war ja ich zuständig, und von wegen: „Es war getan fast eh gedacht"! Oft mußte ich ihnen mühsam aus allen Ecken und Enden die Gäule zusammensuchen – – so sah das in Wirklichkeit aus!
Und dann die thüringischen Mädgens! Die hatten es ihnen erst recht angetan! Nächtliches Biwak und

Lagerfeuer, der gestirnte Himmel über uns und das ewige Gesetz der Liebe in uns, das Heu duftete verführerisch, und so tat sich eben junges Blut mit jungem Blut zusammen und tat halt, was junges Blut mit jungem Blut tut. Und in all den Tälern von Ilmenau hinauf über Orlamünde bis Jena wimmelte es bald nur so von kleinen Karl Augusts oder kleinen Karla Augustinen, item von Johann Wolfgangs oder Johanna Wolfganginen...

Aber der Herzog hat letzten Endes alles geregelt und sie alle honett verheiratet. Und so mancher Forstadjunkt hat eine dann brave Frau bekommen mit einer anständigen Mitgift und einer Anstellung dazu, die ihn über die allzu frühe Niederkunft seiner Frau hinwegzutrösten vermochte.

Na ja, und da ist es mir halt auch einmal unterlaufen. Ja, mehr nicht. Wo alles liebt, kann ich allein nicht hassen. Wenn das meine Charlotte erführe – o weh..., das Trumpfas in ihrer Hand, das würde stechen! Bloß Schwamm darüber – endgültig!

Und wie der Johann Wolfgang jetzt nach Italien hinübergemacht hat – heimlich – heimlichst –, da hat sie arg Lunte gerochen. Was der da wohl wollte... ohne sie..., nachdem er sie über seine Reise in tiefstem Dunkel gelassen...

Von wegen „edle Einfalt – stille Größe"! Na, der wollte sich doch nicht bloß die Antike anschauen! Die Epigramme kursieren doch schon in Weimar, die ihm zugeschrieben werden: „Knaben liebt ich wohl auch, doch lieber sind mir die Mädchen. Hab' ich als Mädchen sie satt, dient sie als Knabe mir noch...". – Weshalb der Goethe wohl wirklich nach Italien gemacht hat...? Ich glaube, der hat Furcht, seine Dichtkunst könnte behäbige Jahresringe ansetzen, Beamtenspeck, Geheime Legationsratpomadigkeit. Können Sie sich ein festangestelltes Genie vorstellen?! Mit Besoldungsgruppe und Pensionsanspruch?! Straf mer Gott, aber so ein Pegasus ist halt auch nur ein Pferd – – das will nicht die ganze Zeit über bloß an der Krippe stehen und mit nickendem Federbusch die Promenade abtraben – – das muß bewegt werden – – das muß scharf geritten werden und will auch mal auskeilen und über die Hindernisse. – – Das ist kein Wallach oder ein breithinteriges Achttalerpferd, das ist Vollblut von reinstem Geblüt! – Ja, und dieserhalb ist der Goethe nach Italien, denk ich mir halt. Und nun hat die Charlotte Angst, der Goethe, der würde die Briefe veröffentlichen, die sie ihm geschrieben in all den Jahren. Für einen Dichter, ja, da ist das nichts außergewöhnliches, wenn einer seine tiefste Herzenskammer aufsperrt und den anderen hineinschauen läßt. Flugs ergreift er Tinte, Feder und Papier, und bald erfährt es die ganze Welt: wie das Herzenskämmerlein von dem anderen so möbliert ist, welche geheimsten Gedanken da aus- und einspazieren, welche heißen Liebesschwüre dort den Besitzer gewechselt, wie man es angefangen, die wahren Verhältnisse auszuspähn, und wie man das verschlossene Türlein dazu aufgesprengt hat. So ein Dichter, der kann eben die Tinte nicht halten! Wenn der Goethe nun auch die Briefe meiner Charlotte an die Öffentlichkeit brächte – sie versänke in den Erdboden vor Scham und würde am

liebsten auf der anderen Seite der Erdkugel erst wieder herauskommen.
– – Was Kuckuck mag da wohl drinnen sein ... in dem Kasten?! Ich liebäugel schon die ganze Zeit damit – – die Siegel sind unerbrochen – – Hier, das Kastel ist offen – – Halleluja, sie sind's: Sie hat sie wieder! Der Goethe hat Charlottes Briefschaften herausgerückt, Gott sei's getrommelt und gepfiffen! Freude ins Haus – da wird ihr aber ein Stein vom Herzen gefallen sein...!
Ach, die Briefe... Was war ich zuerst fuchsteufelswild, daß sie an den Laffen unentwegt am Schreiben war... Bis ich mal einen gelesen habe. Heimlich.
Der Goethe, wenn der unterwegs war mit dem Herzog, hat seine Briefe an meine Frau immer mit der Staatspost mitgegeben, die ein Husar befördert hat, und für die Pferde von dem Husar, da war ja ich zuständig... Und da hab ich eben auch einen Blick riskiert in die Briefe von ihm an meine Frau. Also zuerst, da hab ich geglaubt, die knisterten und prasselten vor lauter Glut, schon wenn man sie nur aufmachte, und aus den Zeilen, da züngelten und loderten die Flammen nur so empor. Aber mit der Zeit lernt man unterscheiden, was chronisches Strohfeuer und was heilige Flamme ist. Mal war's himmelhochjauchzend, mal zu Tode betrübt, dann wieder „Jubilate" und dann „de profundis". Pendula links, Pendula rechts, und das Tag für Tag, Jahr um Jahr... Und dann das ewige „Hast Du gut geschlafen? Wie war die Nacht? Schliefst Du wohl? Ging's Dir gut den Morgen?

In der Hoffnung, daß Du gut geschlafen hast...
Wie befindet sich meine Beste? Wie hat sie geschlafen? ...hören, wie Du geschlafen hast..."
Zuerst, da wollte ich wohl eifersüchtig sein! Ja, mein Gott, was geht denn den Mann der Schlaf meiner Frau an? Wie kommt der dazu, seine Gedanken meiner Charlotte nächtlings unter das Kopfkissen zu legen?!
Ihn fordern! war mein erster Gedanke!
Freilich -- er war gar nicht satisfaktionsfähig. An der Hoftafel durfte er als Bürgerlicher nicht mit dem Herzog am selben Tisch sitzen, sondern mußte sich mit dem Katzentisch begnügen. -- Wer schießt auch gern des Herzogs besten Freund wegen einer Liebschaft über den Haufen, die sich mehrenteils auf dem Postwege abspielt?! Wer läßt sich aber auch, selbst von des Herzogs bestem Freund, mittels Pistolen oder Degen wohl gern selbst füsilieren?!
Bis ich mir sagte: Ruhig Blut, Josias! Habe Mut, dich deines Verstandes zu bedienen.
Rekapituliere: Ist etwas geschehen, was dich in deinen Rechten als Ehegatte entscheidend verkürzt hätte?
Antwort: Nein, nichts, außer auf dem Papier.
Frage: Muß man mit Blut abwaschen, was Tinte auf Papier angerichtet?
Antwort: Mitnichten!
Also habe ich mir das Ganze in Ruhe durch den Kopf gehen lassen und mir, obgleich ich kein Poet bin, einen Vers gemacht auf das Ganze, meinen Vers:

PRIMUM:
Kenn ich meine Charlotte!
O, ich höre schon die Spottverse über den Goethe und sie:

„In die Affäre mit Frau Stein
Leuchten wir lieber nicht hinein,
Wo sich die Welt den Kopf zerbricht:
Hat er nun oder hat er nicht?"

Ja – hat er nun oder hat er nicht...? Das ist hier die Frage. Ist es wirklich die Frage?!
Hätte ich ein schwaches Weib anklagen sollen, auf das der Gluthauch eines Genies eindrang, ein Gluthauch, der Eisberge zu schmelzen vermocht hätte...?
Wäre ich der rechte Ankläger und Richter für sie gerade in dem Punkte gewesen, wo ich selbst gefehlt...?! Wie – das Risiko des Weibes sei dabei das größere?! Ich fand, es sei immer das nämliche: Das Weib kann dabei empfangen, und der Mann dabei – zeugen. Das Resultat ist allemal ein Kind!
Was ist das überhaupt: Etwas – miteinander – haben?
Ist es der inbrünstige, aber flüchtig-unstete Kuß?
Das Schweben in hangender, bangender Pein?
Die stöhnende Okkupation eines Körperteils durch den des anderen?
Oder ist es das: füreinander da sein.
Einander gehören.
Sich mit dem anderen eins wissen in Gedanken, Worten und Werken...

Sich an den anderen verlieren und sich in ihm wiederfinden. Das tiefe, fort und fort dauernde Gefühl des Glücks der Nähe. Sich Kinder wünschen und einander Kinder schenken, Unterpfand des Glücks, der Liebe, des Weiterlebens in ihnen nach dem Auslöschen des eigenen Ichs.
Sehen Sie – in all den Punkten habe *ich*, Josias von Stein, „etwas" mit meiner Frau Charlotte „gehabt", und das ist „etwas", das zählt.
Wie nun also: Hat er nun oder hat er nicht?

DAZU SECUNDUM:
Ich kenn meine Charlotte immer noch.
Wenn der Goethe wirklich etwas mit ihr „gehabt" hätte, dann hätte nur *er* etwas mit ihr gehabt, sie aber nicht mit ihm.
Was das heißt?
Charlottes Charakter ist tief und klar wie ein Bergsee. Wäre da der Stein eines anderen hineingeplumpst, und wäre es nur an der Oberfläche geblieben – das hätte Kreise gezogen, Wellen geschlagen. Meine Charlotte kann nicht lügen. Sie ist von einem solchen Wahrheitsdrang besessen, daß es aus ihr herausgeschrien hätte, wenn „etwas" gewesen wäre. Ich fand immer die reine klare Unschuld in ihrem Blicke, auch während des stärksten Bombardements trefflichst formulierter Leidenschaft und verbriefter Liebesschwüre.
Ja aber, Josias, du weißt doch hoffentlich, zu welchem Behufe Bombardements pflegen veranstaltet zu werden?!

Man will die Festung sturmreif schießen, sie stürmen und okkupieren!
Wenn du schon das Bombardement nicht abstelltest, ja, es noch befördertest, und das im wörtlichen Wortsinne, hast du da wenigstens der Feste Beistand geleistet?! Bist ihr zu Hilfe geeilt, hast sie entsetzt?!
Ja, das habe ich getan!
Immer wenn ich aus Charlottes Briefen an mich merkte, daß der Lavastrom der Leidenschaft von Goethe aus gen Kochberg kroch, bin ich, wo ich ging und stand, aufs Pferd gesprungen und heimgeritten auf unser Schlößgen, und Charlotte und ich waren wiederum eine Seele und ein Herz und ein Fleisch, und alles war wieder gut.
Wieder gut...
Also war es zuvor einmal nicht gut?!
––– Wie nun also: Hat er nun oder hat er nicht?

DAZU TERTIO:
Kenn ich doch auch meinen Goethe.
Gleich, als ihn unser Herzog von Frankfurt nach Weimar geholt, war Ball, wozu ich geladen. Goethe war auch zugegen und ward rasch Liebling der Frauen und Mädgens, mit Recht, muß ich sagen, denn er war der amüsanteste Unterhalter, den ich je gehört, und seine Erscheinung eine der angenehmsten, gefälligsten, die ich je gesehen.
Doch er wurd nicht so recht froh als Hahn im Korbe, als scharfer Beobachter irrlichterten seine Augen hin und her, bis er erkannt hatte, was ihn befremdete. Unsere Blicke trafen sich – und in der

trunkenen Wonne eines Augenblicks verstanden wir uns von Mann zu Mann: Der ganze Saal voller Mädgens war in Wirklichkeit ein Arsenal von allerliebsten Fallen, die aufgestellt, einen Mann einzufangen und ihn seiner anscheinend wahren Bestimmung zuzuführen – der Ehe! Goethe aber wußte, wie oft ein männlicher Tiger zum gewaltigen Sprung angesetzt hat und dann als Bettvorleger im Schlafzimmer einer schönen Frau geendigt ist. In dem Saale lockten die verschwenderischsten, wohleinladenden Décolletés unserer Fräuleins wie die Hängenden Gärten der Semiramis, sehnsuchtsvolle Blicke schöner Sucherinnen durchpfeilten den Raum, das Ebenmaß verheißungsvoll geschwungener halbfeuchter Lippenpaare, wo man nur hinschaute – sie alle schienen im geheimen zu rufen: Nimm mich hin, ich bin dein! – – Ja, dein, auf *ewig* dein! Aber nur dein einziges „Dein", kein anderes durfte mehr angeschaut, angelächelt, angelockt werden, nur dein „Dein" – und das auf ewig. Und davor schien der Götterjüngling Goethe den höllischsten Respekt zu haben. *Dein auf ewig* – donnernd das Tor zugeschlagen, das hinführt in das Reich der schönen Abwechslung und tausendfachen Vielheit weiblicher Reize. Nein, das war seine Intention nicht. Und sein Genie fand einen Ausweg, der seiner würdig war: Charlotte!
Sie war ja verheiratet, bei ihr drohte keine Ehefalle zuzuschnappen; wenn er sie verehrte, gegen sie anstürmte, sich in sie verliebte, schreckte er all die anderen ab, die es auf das lieblichste auf ihn abgesehen.

Und so war's getan, fast eh gedacht. Was fragt ein Genie schon groß nach der Zustimmung der Betroffenen. Frisch drauflos geliebt, es bleibt allemal was hängen. Und so wie der große Schöpfer aus Ton und Lehm ein Ebenbild formte und ihm Odem einhauchte, so wie Pygmalion durch die Hilfe der Götter die von ihm geschaffene Figur zum Leben erweckte, so ging auch unser Genieschöpfer aus Weimar zu Werke, dichtete sich hinter den Wolken seiner Phantasie ein weibliches Ebenbild, das der Frau glich, die er sich ersehnt und die er just brauchte, haucht' ihr dichterischen Odem ein, und bald begann diese Gestalt die Züge Charlottes anzunehmen, und Charlotte den Zügen dieser erdichteten Gestalt ähnlich und ähnlicher zu werden. Sie glich dem Bild, das er begriff, nicht sich.
Und so durchdrangen sich Ideal und Wirklichkeit, mischten sich Realität und Phantasie auf die wunderlichste Weise. Ich liebte eine ganz andere Charlotte, die er nicht kannte, und er kannte eine in Gänze verschiedene Lotte, die ich nicht liebte.
Das ist der Schlüssel zum Ganzen – und sonst war nichts.
Es war der Schattenriß einer Liebe, die Silhouette einer Liebsten, das Spiegelbild eines Liebhabers, der Scherenschnitt einer Dreiecksgeschichte.
Wie, Josias – wenn es auch eine *imaginäre* Dreiecksgeschichte war, so war es letztlich doch eine Dreiecksgeschichte! Gemach...
Wer war denn der Betrogene?!
In diesem Vexierspiel wechselten ja die Rollen.

Bald schien sie mich mit ihm zu betrügen, bald scheinbetrog sie ihn mit mir.
Liebhaber und Gehörnter wechselten wie der Wind und lösten einander ab, daß die gehörnten Liebhaber und die liebgehabten Gehörnten nur so umeinander purzelten. Dieses kraftvolle Gestirn aus Weimar hatte dank seiner Gravitationsmacht einen weiblichen Trabanten in sein Schwerefeld gezogen, ließ sein Licht leuchten und spiegelte sich darein, wie dieser es reflektierte.
Aber der kleine Himmelstrabant entwickelte eine eigene Gravitation, die aus anderen Quellen gespeist war denn aus denen des Großgestirns, und das gab allemal Verdruß.
Die Bahnen umeinander wurden immer wunderlicher, Anziehung und Abstoßung nahmen zunehmend heftigere Formen an – was blieb dem kleinen Trabanten anderes übrig?
Hätte er der Anziehungskraft des Großgestirns nachgegeben und sich vollends in seinen Bann ziehen lassen – er wäre auf diesen Großplaneten geflogen und – – – verglüht!
So hat sich letztlich das Großgestirn ob des mißlichen Auf und Ab in den gegenseitigen Gravitationsbeziehungen den Anstoß zu einer anderen Umlaufbahn gegeben, die ihn in den südlicheren Sternenhimmel einschweben ließ – so kam Goethe nach Italien! – – Nun denn, wie steht's also damit: Hat er nun oder hat er nicht?

DAZU QUARTUM:
Kenn ich mich doch auch ein wenig!

Halten zu Gnaden: Ich habe gar wenig Gusto zu Schattenrissen, Spiegelbildern, Spiegelfechtereien und diversen Silhouettenbataillen, wenn es um die Liebe geht oder um Charlotten, was mir das nämliche bedeutet.
Wie sah denn Goethe meine Charlotte das allererste Mal?!
Als einen blassen Schattenriß, einen langgezogenen Schwarzklecks aus Papier, dessen auffälligste Erscheinung eine waagerechte Ausbuchtung war, die Charlottes Nase bedeuten sollte. Und dieses schwarze Imago löste in ihm flugs einen poetischen Entzückungsrausch schmeichelhaftester Übertreibungen sondergleichen aus.
Ich dagegen, ich habe meine Charlotte das allererste Mal ganz und gar leibhaftig vor mir gesehen, von Angesicht zu Angesicht. Es war auf einer Redoute, wo alle Welt das Tanzbein schwang, ich seh es vor mir, als wenn es heute wäre...
Das Meer der Tanzenden, das Auf- und Abwogen, Sichdrehen und Herumwirbeln, Musik, die uns streichelnd-schmeichelnd umfängt und umschließt und emporhebt und schweben läßt, und inmitten des gefälligen Hin-und-her-Wiegens *sie*, eine Erscheinung, die einen nicht mehr losläßt, an sich zieht, bis man ihr ganz nahe ist und sich gefangen gibt, ein bleibendes Bild in der Erscheinungen Flucht: Augen, schwarz wie Kohle, eine schon überirdische Anmut in den Bewegungen, leichtfüßiges Schweben wie eine Flaumfeder.
Von der Sekunde an wird mir klar, gegen solch Vorzüge gibt es nur ein Rettungsmittel: die Liebe.

Ich bitte sie um den nächsten Tanz, sie sagt zu; Seligkeit, sie zu sehen, sie zu spüren, sie zu fühlen. Ich laufe wie im Traum durch die nächsten Tage, werfe Zeilen aufs Papier, die meine Freunde erschreckt als Verse der Liebe entziffern, kann nicht schlafen noch wachen, bis ich sie wiedergesehen. Endlich eile ich zur Herzogin-Regentin, meiner Gönnerin, und entdecke mich ihr. Sie lächelt, sie weiß bereits alles; sie, die holde Tänzerin, der mein Herz verfallen, ist ihre Hofdame – Charlotte! Und alles geht glücklichst seinen Gang, wir sehen uns wieder, sie ist klug, sie ist verständig, sie ist ruhig, sie ist heiter, die Vorzüge ihrer Seele und ihrer Erscheinung sind offenbar, ich halte um ihre Hand an, und, o Himmel, ein freudiges „Ja" wird mir zuteil.
Unserem Glück steht nichts mehr im Wege, der Hochzeitstermin wird anberaumt, die Eheberedung aufgesetzt, und im Wonnemonat Mai wird Charlotte mein, mein eheliches Weib.
Glück der ersten Erfüllung, zärtlichste, innigste Umarmungen, der nächtliche Mond, der sich in dem Wassergraben unseres Schlößgens spiegelt, ist unser Wonnemond, und zehn Monate später kann ich unseren ersten Sohn in den Armen halten, den meine Frau mir geschenkt!
Das, Herr Goethe, zählt!
Die Liebe findet nicht nur im Kopfe statt!
Der Tummelplatz der Gefühle ist nicht nur die Poeterei, sondern der Ehestand, und Unterpfand der Liebe sind nicht nur Verse, sondern Kinder!
– Also wie denn nun: Hat er nun oder hat er nicht?

Wer hat Charlotte geheiratet: er oder ich?
Wer nennt sie noch heut sein eheliches Weib: er oder ich?
Wem hat sie sieben Kinder geschenkt: ihm oder mir?
Mit wem lebt sie zusammen als treue Ehefrau: mit ihm oder mit mir?!
Mag er sich doch meinethalben mit ihrem Schattenriß vereinen, wenn er lustig ist!
Ihren Scherenschnitt umarmen!
Ihre Silhouette herzen und küssen!
Und sich auf ihr Spiegelbild diesen oder jenen Vers machen – Charlotte ist mein! Bleibt es! Wird es bleiben – immerdar!!!

ERGO CONCLUSIO:
Was zählt, bleibt, und was bleibt, zählt!
Ich glaube an das unantastbare Recht eines jeden Menschen auf Liebe! So wie ich dem großen Poeten die seine auf meine Frau konzedieren muß, so habe ich zumindest das nämliche Recht, meine Charlotte zu lieben und von ihr wiedergeliebt zu werden. Warum soll meine Liebe weniger wert sein, nur weil ich diese nicht in Verse gekleidet und darauf Pentameter geschmiedet?! Die Poesie meiner Liebe besteht darin, daß ich sie zwar nicht besungen, daß ich sie wohl aber lebe und verwirkliche. Ist sie nur darum minder wert denn die seine? Woran mißt man die Tiefe der Liebe – an dem ästhetischen Wert der Verse oder an dem Grad der Verwirklichung der Liebe selbst?! Eines dünkt mich ohnehin verwunderlich: Was in aller Welt verführt die Menschen

zu glauben, daß der Verfertiger des meinethalben feurigsten Liebesgedichts realiter auch selbst ein feuriger Liebhaber sei?! Nun – hätte er nicht so tief empfunden, hätte er sie so feurig tief denn beschreiben können?! Gemach – wer auch noch so vollkommen ad exemplum einen schnellen Lauf beschreibt, muß er mich wirklich schon dadurch glauben machen, daß er selbst in Wahrheit so schnell wird laufen können?! Die vollkommenste poetische Beschreibung eines atemberaubenden wilden Rittes über Stock und Stein kann mich doch nicht überzeugen, daß der Autor nur kraft seiner Schilderung selbst ein exzellenter Reiter sei! Daß er es sein *möchte*, zugestanden, daß er es aber auch ist ... Der Prüfstein der Wahrheit einer Liebe ist nicht die daraus erwachsene Poesie, sondern die Verwirklichung der Liebe und die der Geliebten.

Wenn ich mit meiner Charlotte des Sonntags hier in Kochberg in unserem Patronatskirchlein St. Michael sitze – ich gesteh's, daß es uns danach immer seltener verlangt –, und die Predigt zieht sich arg in die Länge, da beginnen meine Gedanken umherzuwandern. Hinten, auf der höchsten Empore, reckt sich die Orgel. Wie bin ich da als Bub mit meinen beiden kleinen Schwestern umeinandergeturnt. Wir haben auch in der Lade gestöbert und dem Orgelbauer sein Zettelgen gefunden, wann er diese gebaut, und wie ihn die Großkochberger um „schlecht Geld" dafür gelohnt hätten. Die *Groß*kochberger, beileibe nicht die *Klein*kochberger. Beide Dörfer sind einander spinnefeind: Weil Großkochberg so nah am Schlößgen liegt, halten die Kleinkochberger die Großkoch-

berger für hochmütig – am liebsten würden die noch ihren Mist im Feiertagsgewand fahren, heißt es spöttisch. Wo war ich stehengeblieben? Ach ja, also vorn in der Kirche steht der Flügelaltar, der ist so schön, da geht einem das Herz auf. Ein Schnitzwerk wie von Tilmann Riemenschneiders Hand, der Meister Lendenstreich hat es verfertigt. In der Mitte die Madonna, auf der Mondsichel stehend, neben ihr, gleich groß, St. Michael, wie er mit der Lanze wider den altbösen Feind kämpft. Wenn ich da länger hinschaue, nehmen die Gesichter der beiden Züge mir allzusehr vertrauter Personen an, daß ich mich meiner Hoffart wegen zur Ordnung rufen muß, bis die Orgel „Jesus, meine Zuversicht" spielt und die Predigt und der Traum aus ist.
Meine Charlotte!
Sie hat zuvor nicht nur im „Moniteur" gelesen – die Mappe ist aufgeschlagen! Ihre Gedichte – seine Gedichte, aber von ihrer Hand abgeschrieben.
Mir scheint, da ist etwas Neues hinzugekommen …
„An den Mond … nach meiner Manier".
Da schau her …

Füllest wieder Busch und Tal
Still mit Nebelglanz,
Lösest endlich auch einmal
Meine Seele ganz.

Breitest über mein Gefild
Lindernd deinen Blick,
Da des Freundes Auge mild
Nie mehr kehrt zurück.

Lösch das Bild aus meinem Herz
Vom geschiednen Freund,
Dem unausgesprochner Schmerz
Stille Träne weint.

Mischet Euch in diesen Fluß!
Nimmer werd' ich froh.
So verrauschte Scherz und Kuß
Und die Treue so.

Jeden Nachklang in der Brust
Froh und trüber Zeit,
Wandle ich nun unbewußt
In der Einsamkeit.

Selig, wer sich vor der Welt
Ohne Haß verschließt,
Seine Seele rein erhält,
Ahndungsvoll genießt,

Was den Menschen unbekannt
Oder wohl veracht,
In dem himmlischen Gewand
Glänzet bei der Nacht.

O weh – die Ärmste!
„Da des Freundes Auge mild *nie mehr kehrt zurück!*"
Bös, weithinein bös!
Die Welt mag mich schelten, aber in dem Punkt bin ich ganz herzlos. Ich freu mich schon arg, daß der Goethe nicht mehr da ist!

Trotzdem – das Gedicht, das der Goethe über den Mond geschrieben, das gefällt mir noch besser. Zwar: eines möchte ich nicht sein in meinem Leben: Kunstrichter, und dann noch über meine Frau, aber ich kann mir trotz allem nicht helfen – der Goethe, der kann das besser.
Warum mag ich eigentlich nicht, was sie geschrieben?
Weil ich nicht will, daß meine Charlotte ein nachgemachter Goethe ist!
Was in aller Welt tummelt sie sich auf einem Kampfplatz, für den sie nun mal nicht geschaffen ist?!
Zum Poeten wird man allemal geboren. Man bekommt die Waffen dafür schon in die Wiege gelegt. Manche erhalten ein Schwert; wenn sie's dann recht scharf halten und dazu noch die Fechtkunst erlernen, dann ist es halt möglich, Geniestreiche zu vollbringen. Wer aber nur einen Dolch in die Wiege gelegt bekommt und dann damit herumfuchtelt, als wäre es ein Schwert, vollführt Lufthiebe und macht sich lächerlich. Und wer vollends gar nur ein Federmesserchen mitbekommen, sollte sich ganz aufs Briefeschreiben verlegen. Auch das kann poetisch und eine Kunst sein. Er sollte aber mit dem Messerchen nicht zu einem Fechtturnier antreten. Als ob meine Charlotte nicht Vorzüge hätte, die sie über jeden Dichter der Welt erhöben! Tugenden des Herzens, um die Wieland sie beneidet! Die der Seele, die einem Herder höchste Achtung abnötigen! Die des Gemüts, die Klopstocks Oden in den Schatten stellen.

Wie denn – und was ist mit der „Dido", die deine Charlotte unter der Feder hat? Keine Tragödie, um die mancher Lohnskribent Weimars sie beneidete?! Ich weiß nicht. Ich weiß es wirklich nicht. Ich finde, daß sie halt besser zeichnen denn schreiben kann. In der „Dido" laufen allemal geschriebene Scherenschnitte herum: Sie selbst, der gute Knebel und natürlich der Goethe. Und dem liest sie gehörig die Leviten. Wie wenn ein Hofmeister seinen ungehörigen Schulbuben an den Ohren zupft. Laßt andere darüber urteilen.
Wie bin ich froh, daß es in ihr nicht so poetisch wallet und siedet und brauset und zischt wie in ihrem ungebärdig-treulosen Freund. Wenn ich – oder die Verhältnisse – Charlotten wirklich am Schreiben hinderten: Würde sie nicht alles abwerfen, auch mich und die Kinder, uns verlassen und nach Italien ziehen oder meinethalben an den Nordpol und dort inmitten der Eskimos einen neuen „Faust" schreiben oder eine „Faustina"? Charlottes Pegasus, der kommt mir vor wie ein Pferd, das exzellent die Hohe Schule beherrscht. Und ich finde, Hohe Schule paßt überhaupt zu meiner Charlotte. Wenn sie aber nun mit diesem Pegasus partout auf Parforcejagd will..., dann darf sie sich nicht wundern, daß es vielleicht jedes Hindernis elegant antrabt, jedoch nicht im Traume daran denkt, es wirklich anzugehen, sondern es lediglich elegant umtänzelt – und die Reiterin zum Gespött der Leute wird.
Hand aufs Herz, Josias, habt ihr nie daran gedacht, euch scheiden zu lassen?

Also – ich für mein Teil: nein – nie!
Nicht, nachdem ich meinen Verstand gebraucht!
Es gab für mich keinen zureichenden Scheidungsgrund.
Ich bitte Sie – Lyrik ist doch kein Scheidungsgrund.
Nicht einmal gute.
Und Charlotte?
Ich hab sie einmal danach gefragt, und die Antwort war: Gleich zu Beginn unserer Ehe, da hätte sie daran gedacht, aber nicht an Scheidung, sondern an Mord.
Im Ernst – wie stand es um Charlotten in diesem Punkte?
Ich glaube, wenn sie's wirklich gewollt, hätte sie's auch getan. Scheidung – das kam schon mal vor in Weimar, und man gewöhnte sich gar bald an die neuen Verhältnisse. Aber Charlotte – nein! Dazu war sie zu klug. Nun ja, sie war halt sieben Jahre älter als der Goethe, sieben Kinder hatte sie auch schon geboren, aber der Hauptgrund – außer mir – war wohl ein anderer: Möchten Sie mit einem feuerspeienden Vulkan *verheiratet* sein? Ja, mal ab und an in seiner Nähe weilen. Sich an dem Naturschauspiel mit geheimem Wonneschauer ergötzen, vor allem, wenn der Vulkan behauptet, es rumore nur ihretwegen in ihm so gar heftig. Aber bloß nicht mit dem verheiratet sein... Ewig das Donnergrollen. Der Ascheregen. Der Schwefelgeruch. Das Feuerspeien. Und der Lavastrom, der alles Leben am Fuße des Vulkans erstickt.
Und das Tag um Tag, Woche, Monat, Jahr...

Nein, das ist nichts für eine Frau, die auch Kalkül des Herzens besitzt. Und so blieb alles, wie es ist.

Es hat halt alles vielleicht ärger ausgeschaut, als es gewesen. Einmal, da bin unvermutet ich gen Kochberg geritten, komme auf den Wirtschaftshof und sehe Goethes Pferd da stehen. Ich hatt' es selbst für ihn ausgesucht, es trug den schönen Namen „Poesie". Und da sehe ich auch schon den Goethe selbst stehen, nah der Laube, vor meiner Charlotte, und man bemerkt mich nicht. Mich dünkt es wunderlich, wie er so dasteht, so malerisch: Er hatte die Brust und den ganzen Körper gerade herausgekehrt und verharrte eine Weile in der vierten Tanzstellung, wobei er den Kopf etwas zur Seite neigte, mit den Augen zur Erde starrte und beide Arme hängen ließ. Dann erhob er die Arme, aber immer teilweise, zuerst die Hand, dann den Ellenbogen und darauf den ganzen Arm. Dann fiel er auf das anmutigste vor Charlotte auf das linke Knie, legte die Arme um sie, wieder teilweise, aber in umgekehrter Reihenfolge und barg seinen Kopf da, wo er ihren Busen vermutet, worauf ihm Charlotte mit sanfter Gebärde über den Haarbeutel strich. Sie bemerkte dabei mein Kommen und grüßte mich mit den Augen, ohne im mindesten in ihrer Verrichtung innezuhalten. Ein Blick in Charlottes Angesicht sagte mir, was ich von dem soeben Gesehenen halten konnte: ihre Augen – unschuldsklar wie eh und je. – – – Es war schuldlos-unschuldige Zuneigung wie Trostspende unter Tränen; Gefühl alles, ohne Schall und Rauch, er konnt sie halten,

aber nicht fassen, und sie vermocht ihn – vielleicht – zu fassen, aber nicht zu halten.
– Freilich, er ging schon ungeniert mit uns um. Goethe benahm sich ganz en famille, kam, ging, blieb, wie es ihn ankam. Er kümmerte sich aber auch um die Familie auf die rührendste Art. Fritzen, unsern Jüngsten, hat er ganz zu sich genommen. Er sorgt für seine Ausbildung und nimmt damit eine schwere Last von meiner Schulter. Zuerst hat sich halb Weimar darüber die Mäuler zerrissen: Aha, natürlich, der Sohn ist in Wahrheit von Goethe, aber Fritz ist schon drei Jahre alt gewesen, als der Poet nach Weimar kam, und an Fernzeugung mag da glauben, wer will.
Man nennt unser Jahrhundert ein „aufgeklärtes", und doch tappen wir über vieles im dunkeln, das in uns ist. Wie, wenn es sie doch gäbe, die Seelenwanderung...?! Wenn wir, trübe Gäste dieser Erde, schon zuvor einmal Gastrollen auf diesem Planeten gegeben... Welche da hat meine Charlotte wohl gespielt? Priesterin? Mätresse? Pythia? Schwester Goethes oder seine Frau? Oder eine Sappho? Eine Dichterin, der ein Gott zu sagen gab, woran die Frauen leiden? Ich glaub's nicht...
Und wenn Charlotte wiedergeboren würd in einem neuen Leben — was wäre sie dann? Ich glaube, dann käme ihre pädagogische Ader ganz zum Zuge. Sie studierte und würde eine gelehrte Pädagogin oder Gynagogin, oder wie's sonst heißen mag, Rektor einer Schule oder so was. Man hörte und beachtete ihren pädagogischen oder gynagogischen Rat; sie hielte Konferenz, und ihre Schü-

ler sängen ihr weltliche „Te Deums“, wie sie's mit ihrer Hilfe so weit gebracht, bis an die Sterne weit. Und du, Josias – was wäre dein Geschick in einem zukünftigen Leben? Was hast du für Meriten aufzuweisen, außer Zaungast zu sein einer höllisch-himmlischen Liebe eines anderen zu deiner Frau? Hast du nicht mehr aufzuweisen als: „Er ward geboren, lebte, nahm ein Weib und starb“? Armer Josias – nichts weiter? Nichts von wegen „Armer Josias“!
Auch ich hab ein Unverwechselbares, das mich heraushebt.

PRIMUM:
Ich habe eine Vorrichtung gefunden, welche das Fahren in einer Equipage auf die angenehmste Weise befördert: Eine Art Kugellager fängt alle harten Stöße, Wippungen und Schwingungen der Straßenschlaglöcher und Bodenwellen auf und läßt die Kutsche auf das sanfteste dahingleiten. Man denke darüber nicht gering: So mancher der allerhöchsten Herrschaften hat nach einer durchrüttelnden Kutschfahrt, die dero höchstwohlgeborene Kaldaunen auf das unangenehmste durcheinandergebracht, in der darob bedingten Übellaunigkeit das vom Staatsminister vorgelegte Todesurteil über einen armen Delinquenten mit einem „Recht gern“ unterschrieben. Wer hingegen von einer angenehmen und dank meiner Vorrichtung sanften Equipagenfahrt kommt und dieserhalb auch sanften Sinnes ist, wird erwähntes vorgelegtes Todesurteil möglicherweise nicht unterschrei-

ben wollen und Gnade vor Recht ergehen lassen. Aber das ist noch nicht alles.

SECUNDUM:

Ich habe in meinem Laboratorio für die Equipagen einen völlig neuen Lack gefunden, der die Kutschen in den glänzendsten Zustand bringt. Man achte auch das nicht gering! Denke womöglich: Was ist das schon groß?! Kutscher her, Farbe drauf, fertig ist der Lack. Was das bei den vielen Equipagen kostet, wenn man keinen guten Lack hat! Der Herzog hat mir seine allerhöchste Anerkennung ausgesprochen, die herzoglich-weimarischen Kutschen sind der Glanzpunkt bei seinen Auslandsfahrten, alle Welt fragt ihn nach deren nahezu überirdisch strahlendem Glanz, und ich, ich hab meine Freude dran. Ich habe das Geheimrezept nur für mich aufgeschrieben und gedenke es ausschließlich meinen Söhnen zu übermitteln zu dero Nutz und Frommen.

Und damit, mit diesen beiden kuriösen technischen Capricen, willst du vor der Nachwelt bestehen?!

Ja. Ich denk mir das so: Vielleicht werden sie einmal Kutschen erfinden, die ohne Pferde vorwärtskommen, aber einen Stallmeister wird man dazu doch brauchen. Vielleicht heißt meine Profession dann anders, Leiter eines Fahrparks oder Fuhrparkleiter, und ganz gleich, ob in einem Ministerio oder in einer Manufaktur, brauchen wird man meinesgleichen.

Und meine Kugellager zur Stoßdämpfung? Wäre doch wohl ein Köhlerglaube, wer da meinte, unsere Straßen wären in Zukunft keine Schlaglochparade. Und mein Lack? Den wird man noch mehr brauchen, weil der Glanz des Lacks jeden Fahrzeugbesitzer auf das höchste erfreut!
Freilich ist die Disposition hinsichtlich meiner Gesundheit nicht die allerbeste. Zuweilen kömmt mich eine Schwere des Kopfes an, die mich verzweifeln lassen will. Schwermut legt sich auf mich, mir ist, wie wenn der Schädel zu eng für seinen Inhalt zu werden drohte. Ich komme dieser Maladie nur durch allerstrengste Ruhe und Bettlägrigkeit bei. Ich erinnere mich eines wilden Rittes, da ich gerade von der Jenaischen Akademie gekommen. Der Gaul scheute und raste dann wie von Furien gepeitscht auf und davon. Auf weiteres kann ich mich nicht mehr besinnen, ich kam wieder zu mir auf dem Krankenlager, wo ich drei Tage ohne Bewußtsein gelegen. Mein Kopf schmerzte heftig, das Pferd mußte mich abgeworfen haben. Man sagte mir, mein Kopf sei mit einem Baum in Kollision geraten. „Ein Pferd ist für jeden Reiter ein offenes Grab." Von Stund an hatte ich von Zeit zu Zeit jene mit Schwermut gepaarte Maladie des Schädels, die nicht weichen will und die mich in mancher Augen fast als blöd erscheinen läßt. Ich werde Schriftliches hinterlassen, die Doctores mögen nach meinem Ableben einmal in mein Hirnkastel hineinschauen, ob da durch den seinerzeitigen Sturz nicht doch etwas in dem Uhrwerk durcheinandergeraten ist, und sich so meine zeitweilige Schwermut auf die natürlichste Weise erklärte.

„Die Liebe höret nimmer auf." „Außer wenn sie aufhört."
Wie, wenn Goethe aus Italien heimfindet nach Weimar oder gar nach Kochberg? Ich fürcht mich nicht. Charlotte hat durch den Schmerz der Trennung an Reife gewonnen. Die Weimarer Klatschbasen sagen respektlos von ihr: „Die Madame ist aus dem Schneider." Sieben Kinder sind auch kein Pappenstiel für eine Frau. Charlotte hat schwer daran getragen, im wahrsten Sinn des Wortes. Wie oft hat sie das Schicksal beklagt, das der einen Hälfte des Menschengeschlechts die Leiden des Kinderkriegens auferlegt, während die andere Hälfte mit der Lust des Kindermachens beauflagt wurde. Wenn der Goethe bei seiner Rückkunft bei Charlotte da anknüpfen wollte, wo er aufgehört – es wird ihm nicht gelingen. Charlotte ist eine andere geworden, ich merk es selbst.
Wenn ich unser Leben Revue passieren lasse, dünkt mich, wie wenn wir mehr oder weniger Figuren eines Romans sind. Vielleicht dürfen wir hie und da ein Kapitelchen mitschreiben, sein Ablauf und Ausgang hängt jedoch von dem großen Verfasser ab, dem wir letztlich nicht in den Arm fallen können. Was auch immer war – Goethes Name wird von Bestand sein. Dafür sorgen schon die Buchhändler und die Leser. In der Dichtkunst, da ist er ein Großer, da bin ich ihm arg gut. Und meiner Charlotte – welcher Platz wird ihr eingeräumt werden in Hinsicht auf ihn? Wie weit weg wird sie von ihm stehen, die ihm doch so nahestand? Überhaupt – wird man nicht fragen: War sie denn seiner würdig?

Was, Josias, sagst du dazu?!
Ich? Zuvörderst habe ich mich zu fragen: Bist du, Josias, Charlottes würdig? Hast du ihr Wesen, ihr Sein so gefördert, daß sie sich höher entwickelt?! Denn Charlotte ward nicht in die Welt gesetzt zum poetischen oder sonstigen Ergötzen eines wie auch immer großen Dichters und auch nicht zwecks Beförderung der teutschen Literatur. Hat Charlotte in deiner Ehe, Josias, ihre Bestimmung gefunden, ist sie weitergekommen, wird sie Spuren hinterlassen?
Ich glaub schon. Hab ich ihr doch Raum gegeben und Zeit gelassen, ihre geprägte Form lebendig zu entwickeln – nicht zuletzt in unseren Kindern.
Und Goethe – war *er* Charlottes würdig?!
Hat er sie befördert, nicht nur als Poet und Andichter, sondern als Mann und Mensch? Hat er sie nicht bloß mit sich geschleift durch tausend Himmel, aber auch durch tausend Höllen?! Vergötternd ihr ein poetisch Denkmal nach dem anderen gesetzt und sie hoch erhoben über alle anderen Frauen – aber sie nicht auch vom Sockel gestürzt und ihr Bild als Götzenbild zertrümmert?! War nicht sein Erz- und Hauptgebot stets an sie: Du sollst keinen anderen Goethe neben mir haben...?!
Es fällt mir schwer, darauf zu antworten. Ich glaube, er mußte so sein. Nach dem Gesetz, nach dem er angetreten, mußte er seines Daseins Kreise ziehen und riß mit sich fort, was seinen Weg kreuzte, wirbelte ihn in lichteste Höhen und dunkelste Tiefen, nur fort, fort. Freud und Leid war ihr

durch ihn zuteil. Sie lernte, hinter die Dinge, in die Menschen zu schauen.
Ich glaube: Goethe war Charlottes nicht unwürdig.
Und nun zu ihr – war sie seiner wert?
Welche Frage für mich als ihr Mann. Fast möchte ich sagen: Sie war zu gut für ihn.
Gemach – es gibt auch Gegenstimmen.
„Schön ist sie eigentlich nie gewesen…"
„Als Goethe sich von ihr abgewandt – hat sie sich da nicht wie ein Waschweib benommen…?!"
„Sie war kein helles Licht – das Pulver hat sie nicht grad erfunden…"
Meine verehrten Herrschaften, ob sie das Pulver nun erfunden hat oder nicht – schießen, schießen konnte sie trefflichst damit, und darauf kommt es an!!
War sie seiner nun würdig?
Sie war seine Iphigenie und seine Prinzessin im „Tasso". Sie hat ihn an die zehen Jahr die höchste Leidenschaft fühlen gemacht, die je ein Mann empfunden und beschrieben. Wie könnte das eine dumme Pute wohl ein Jahrzehnt bewerkstelligen?!
Charlotte ist Weib. Charlotte ist schön. Charlotte ist gut.
Aber war sie nicht bloß sein zur höchsten Schönheit erhobenes Phantombild, die Projektion seiner Sinne und Sinnlichkeit?! Charlotte war mehr, nicht nur tönern Erz, klingende Schelle. Sie vermochte, was an sie gerichtet war, zu bündeln und zurückzustrahlen, daß sie in Goethe neue Lichter zum Aufleuchten brachte und neue Saiten zum Klingen. Sie wandelte seine Ausstrahlung um und

sandte weibliche Frequenzen zurück, die Goethen wiederum verwandelten, ohne daß sie dadurch die andere wurde, die er in ihr sah. Die Worte, die ihm sein Herz diktierte, sind die tiefsten, die je ein Mann in Liebe gefunden. Auch mich rühren sie an, und es mindert nur gering ihren Wert in meinen Augen, daß ich der Betroffene bin, dessen Frau von einem Fremden angesungen wird.
Charlotte hat es unter ihren Papieren...

Warum gabst du uns die tiefen Blicke
Unsre Zukunft ahndungsvoll zu schaun,
Unsrer Liebe, unserm Erdenglücke
Wähnend selig nimmer hinzutraun?

Warum gabst uns, Schicksal, die Gefühle
Uns einander in das Herz zu sehn
Und durch all die seltenen Gewühle
Unser wahr Verhältnis auszuspähn?

Ach, so viele tausend Menschen kennen,
Dumpf sich treibend, kaum ihr eigen Herz,
Schweben zwecklos hin und her und rennen
Hoffnungslos in unversehnem Schmerz;
Jauchzen wieder, wenn der schnellen Freuden
Unerwart'te Morgenröte tagt.
Nur uns armen liebevollen Beiden
Ist das wechselseitge Glück versagt,
Uns zu lieben, ohn uns zu verstehen,
In dem andern sehn, was er nie war,
Immer frisch auf Traumglück auszugehen
Und zu schwanken auch in Traumgefahr.

Glücklich, den ein leerer Traum beschäftigt!
Glücklich, dem die Ahndung eitel wär!
Jede Gegenwart und jeder Blick bekräftigt
Traum und Ahndung leider uns noch mehr.
Sag, was will das Schicksal uns bereiten?
Sag, wie band es uns so rein genau?
Ach, du warst in abgelebten Zeiten
Meine Schwester oder meine Frau.

Kanntest jeden Zug in meinem Wesen,
Spähtest, wie die reinste Nerve klingt,
Konntest mich mit einem Blicke lesen,
Den so schwer ein sterblich Aug durchdringt.
Tropftest Mäßigung dem heißen Blute,
Richtetest den wilden irren Lauf,
Und in deinen Engelsarmen ruhte
Die zerstörte Brust sich wieder auf;
Hieltest zauberleicht ihn angebunden
Und vergaukeltest ihm manchen Tag.
Welche Seligkeit glich jenen Wonnestunden,
Da er dankbar dir zu Füßen lag,
Fühlt' sein Herz an deinem Herzen schwellen,
Fühlte sich in deinem Auge gut,
Alle seine Sinne sich erhellen
Und beruhigen sein brausend Blut!

Und von allem dem schwebt ein Erinnern
Nur noch um das ungewisse Herz,
Fühlt die alte Wahrheit ewig gleich im Innern,
Und der neue Zustand wird ihm Schmerz.
Und wir scheinen uns nur halb beseelet,
Dämmernd ist um uns der hellste Tag.

Glücklich, daß das Schicksal, das uns quälet,
Uns doch nicht verändern mag!

Ein Jahrzehnt der höchsten Leidenschaft und schönsten Augenblicke, denen durch die Erfindung der Buchdruckerkunst Dauer verliehen wurde.

Wie, Josias – bist du nicht auch stolz darauf, daß in deiner allernächsten Nähe dieses Hohelied der Liebe gesungen werden konnte und daß durch Charlotten Funken geschlagen wurden, die einen der größten Poeten teutscher Zunge zu den schönsten Liebesgedichten unserer Sprache beflügelte?! Ja! Ja doch! Nur kreide man mir nicht an, daß ich bei Charlotte und Goethe nicht noch die Lampe gehalten, um den Poeten zu noch größerer Verfertigung teutscher Liebeslyrik anzuhalten!

Selbstredend war ich stolz, eine solche Frau zu haben. Aber das war ich genauso, bevor sie Herr Goethe angedichtet. Er hat sie doch nicht zu meinem Gefallen, sondern zu dem seinen dergestalt besungen.

Und, Josias – dennoch nicht ein ganz kleiner, geheimer Sinnenkitzel?! Das besessen zu haben, um das ein anderer nur herumgestrichen?! Genossest du da nicht doppelt, wo es dem anderen versagt war?! Wer so fragt, war nie verheiratet, und wenn, dann hat er nicht geliebt. „Wer nicht kann, was er will, muß wollen, was er kann." Ich konnt' lieben und wollt's auch – Goethe konnt' nicht lieben, wie er wollte, also wollte er, was er konnte: Wer nicht lieben kann, muß dichten!

Noch auf ein Letztes in diesem Punkte, Josias: Warum in aller Welt hat Charlotte diesen großen, diesen einzigen Mann nicht einmal, um ein winziges „wenigstens einmal“ erhört?! Ihm die unerhörten Freuden und Wonnen geschenkt, um die er ein Jahrzehnt gebarmt?! Ihn damit zu einem Wonnesang emporjubeln lassen, davon zukünftige Geschlechter noch raunen würden?! Halten zu Gnaden, daß ich nicht der rechte Adressat für diese Frage bin. Charlotte hat sich so entschieden, es ist ihr Charakter, und wir alle sollten es so gut sein lassen.
– – Eines nur – gesteh es ruhig, Josias – bin ich wißbegierig zu erfahren: Was wird man sagen über unsere Tage? Wird das Geschlecht der Steins Bestand haben? Wird Schloß Kochberg überdauern oder von einem dunklen Engel in die Lüfte gesprengt? Werden wir in unseren Kindern und Kindeskindern ein Fortleben haben?
Mich kommt ein lächerlicher Gedanke an: Wie, wenn wir nur dem Gedenken der Nachwelt erhalten blieben durch eben jenes Jahrzehnt, das der große Poet um Charlotten herumtiriliert?! Nicht Blut – Druckerschwärze ist ein besonderer Saft. „Was bleibet, stiften die Dichter.“ Unser lebend' und liebend' Wollen eingesargt in die Grüfte teutscher Literarhistorie. Ich selbst eine Species erotischer Statist, höchstens ein Freibauer auf dem Schachbrett in dem Spiel Poet gegen Schloßherrin... Der Casus macht mich lachen. Dann mag vielleicht eine romantische Schloßherrin dereinst vor meinem Bildnis stehen und sich hinüberträu-

men zu mir und in meine Zeit. Vielleicht wird unser schönes Kochberg gar ein Wallfahrtsort zum Ruhme jenes großen Poeten. Mein Konterfei hängt am Eingang zu den Räumen, ich winke den Besuchern leutselig zu, das bin ich mir schuldig, wird mein Charakter doch als angenehm beschrieben. Man wird die dort ausgestellten Stationen mustern, die wir zurückgelegt, insonderheit jene, wo auf uns das Licht jenes großen Poeten fiel. Man wird streng unser Recht auf Ewigkeit untersuchen, und vielleicht wird hie und da einer kommen, die „falschen Verkleisterungen unserer Schwächen aufzulösen", wie unser großer Lessing sagt, so wie die Aufsicht ab und zu darangeht, mit einem Staubwedel die Konterfeis von dem zu befreien, was sich im Laufe der Zeit an der Oberfläche an Staub angesammelt hat. Gut denn – ich bin's zufrieden.
Und so will ich auch Ihnen, wohlgeneigtes Publikum, in meiner „angenehmen Art" wie bekannt freundlich zuwinken und mir wünschen: Gedenket mein – in Liebe!

Quellennachweis

Wilhelm Bode: Charlotte von Stein. Berlin 1912^2

Ida Boy-Ed: Das Martyrium der Charlotte von Stein. Versuch ihrer Rechtfertigung. 1916

Heinrich Düntzer: Charlotte von Stein. Goethes Freundin. Ein Lebensbild, mit Benutzung der Familienpapiere entworfen. Bd. 1, 2. Stuttgart 1874

Eduard Hoefer: Goethe und Charlotte von Stein. Berlin/Leipzig 1922^7

Adalbert Luntowski: Charlotte von Stein. Leipzig 1913

Edwin Redslob: Charlotte von Stein. Ein Lebensbild aus der Goethezeit. Leipzig 1943

Erich Schmidt: Goethe und Frau von Stein. In: Deutsche Rundschau, Bd. 44, 1885, S. 256–268

Ernest Sallière: Charlotte von Stein und ihr antiromantischer Einfluß auf Goethe. Berlin 1914

Lena Voß: Goethes unsterbliche Freundin (Charlotte von Stein) 1921

Fritz von Stein: Briefe an Fritz von Stein. Leipzig 1907

J. W. v. Goethe: Briefe von und an Goethe, Hamburger Ausgabe. Herausgegeben von Robert Mandelkow. Hamburg 1988

Alle bisher erschienenen Bändchen von Klaus Tudyka:

Klaus Tudyka
Mann von Stein
12 x 21 cm, 48 S., kt., 9,80 DM

Klaus Tudyka
Gott im Himmel was ist Weimar für ein Paradies

Klaus Tudyka
Die Zweite von rechts
12 x 21 cm, 48 S., kt., 9,80 DM

Klaus Tudyka
Hochbeglückt in deiner Liebe
12 x 21 cm, 48 S., kt., 9,80 DM

Klaus Tudyka
Vom Vater hab' ich die Statur
12 x 21 cm, 48 S., kt., 9,80 DM

In Vorbereitung:

Faustina

Römische Liebe

Klaus Tudyka
Faustina - Römische Liebe
12 x 21 cm, 48 S., kt., 9,80 DM